강은교시집

어느 별에서의 하루

차　　례

제1부　정오 그리고 낮의 시들

제 2 부 저녁 그리고 밤의 시들

제 3 부 새벽 그리고 아침의 시들

제 1 부

정오 그리고 낮의 시들

빨래 너는 여자

햇빛이 '바리움'처럼 쏟아지는 한낮, 한 여자가 빨래를 널고 있다, 그 여자는 위험스레 지붕 끝을 걷고 있다, 런닝 셔츠를 탁탁 털어 허공에 쓰윽 문대기도 한다, 여기서 보니 허공과 그 여자는 무척 가까워 보인다, 그 여자의 일생이 달려와 거기 담요 옆에 펄럭인다, 그 여자가 웃는다, 그 여자의 웃음이 허공을 건너 햇빛을 건너 빨래통에 담겨 있는 우리의 살에 스며든다, 어물거리는 바람, 어물거리는 구름들,

그 여자는 이제 아기 원피스를 넌다. 무용수처럼 발끝을 곧추세워 서서 허공에 탁탁 털어 빨랫줄에 건다. 아기의 울음소리가 멀리서 들려온다. 그 여자의 무용은 끝났다. 그 여자는 뛰어간다. 구름을 들고.

여름날 오후

어느 여름날 오후, 젖어 있으며 울퉁불퉁한 땅, 빵 한 개가 비에 젖고 있다.

허리가 잘록한 개미 한 마리 빵을 살며시 쓰다듬어보더니 어디로인가 급히 간다.

울타리 하나가 고개를 수그리고 빵을 들여다본다.

비에 빵의 살이 풀어진다. 팥고물이 피처럼 흐르기 시작한다, 안개 뒤에서 태양의 비명소리가 들려온다, 허리가 잘록한 개미 몇 마리 빵을 자르기 시작한다,

어디서 들려오는 너의 소리……

울타리가 빵 위에 엎드린다, 젖어 있으며 울퉁불퉁한 땅, 질척이는 고름 사이로, 들여다보는 돌 하나,

네가 빵 위에 넘어진다, 우리 모두 빵 위에 넘어진다, 멀리서 태양의 비명소리, 기적이 들려온다, 여름날 오후.

상　　처

<모든 형식은 실험되었으며/모든 내용은 질타되었으며/모든 혁명은 후회하였네>

아름다운 시 하나 찾아
테그레톨을 먹습니다.
하루에 두 번씩 살색의 알약 둘
테그레톨은 나의 피로 가는 문입니다.
피의 문이 열립니다.
피톨들이 아우성치며 달려나와
테그레톨들을 받아먹습니다.
피들은 이윽고 잠잠해져
파도칠 줄도 모르며
나의 뇌에 샛강처럼 흘러듭니다.

상처 하나가
샛강 옆 갈대밭에
동그마니 앉아 있습니다.

——모든 형식은 실험되었으며

——모든 내용은 질타되었으며
——모든 혁명은 후회하였네

의사 선생님은 늘
말씀하십니다
테그레톨을 잊지 말라고.

상　　어

거리에서

——상어가 갇혀 있는 걸 보는 건 괴로운 일이야. 당신이 흐린 공기 휘날리는 식탁 위에서 김치조각을 찢고 있을 때

후덥지근한 거리, 배가 고파서 들어선 음식점엔 수족관이 빙 둘러 서 있었지. 무엇인가가 빤히 쳐다보고 있는 기척을 느꼈어. 놀라 맞바라보니, 노오란 눈! 수족관 흐린 물에 앉아 수족관 유리벽에 흰 이빨을 대고 나를 바라보는 물고기의 눈, 뿌연 산소 휘날리는 공중에서 우리는 부딪혔어. 내가 밥을 다 먹을 때까지 그 녀석은 꼼짝 않고 나를 보고 있었어. 마치 내 애인처럼, 고요히——슬피. 나는돈을치르고주인에게물어보았지,그녀석이누구냐고.　상어!,……흰이빨이수족관에갇혀씩웃었어.그리고문을나서는나를슬금따라나섰지.지느러미그림자펄럭펄럭,흰이빨그림자펄럭펄럭펄럭.

당신도 한번 가봐. 상어가 노오란 눈으로 흰 이빨을 흐린 물에 적시며

허겁지겁 밥을 먹는 당신을 고요히——슬피 바라보고

있을걸.
흰 이빨이 잠시 유리벽에 부딪히는 걸 당신은 볼걸.
당신이 음식점 문을 나올 때 그 녀석도 슬금 따라나올걸,
그림자 지느러미로 휠휠 날걸.
당신이 붙박이 별처럼 서 있는 이 거리
에서.

청둥오리

낙동강가에서

흐린 하늘 아래 그리로 갔다, 모래 언덕을 지나고 자갈길을 걸어 막사 안으로 들어갔다, 이마가 쭈글어진 남자와 고래고래 소리지르는 여자가 우리를 맞았다, 숯불 위에선 청둥오리가 잘게 잘게 쪼개져 구워지고 있었다, 바다가 보이는 비닐 창 앞에 앉아 우리는 그 구워지는 살점을 씹었다.

청둥오리가 가냘프게 말했다,
이리로 오세요, 우리가 그대의 입술을 향기롭게 할 거예요, 날 먹으세요, 날 씹으세요, 불쌍한 나를, 영혼도 없으며 날개도 없는 나의 이 붉은 살점들을.
불쌍한 나를 씹으세요, 나는 당신의 위장으로 들어가…… 자, 하나 두울 셋…… 숯불이 활활 타오르는군요, 당신은 맛이 있군요, 당신의 피는 아주 달군요, 당신의 살은 아주 나긋나긋해요.

청둥오리의 넓적한 부리가 내게로 다가온다, 부리를 쩍쩍 벌린다, 나는 달아난다, 헐떡헐떡 달아난다, 당신의 살은 맛있군요, 당신의 피는 달콤해…… 나긋나긋해…… 타오르는 불……

오 청둥오리…… 너의 날개에 나를 얹어다오. 너의 날개가 숯불 위로 날아오르는구나…… 오 불쌍한 나, 날개도 없는 나,

흐린 하늘 아래.

가 을

기쁨을 따라갔네
작은 오두막이었네
슬픔과 둘이 살고 있었네
슬픔이 집을 비울 때는 기쁨이 집을 지킨다고 하였네
어느 하루 찬바람 불던 날 살짝 가보았네
작은 마당에는 붉은 감 매달린 나무 한 그루 서성서성 눈물을 줍고 있었고
뒤에 있던 산, 날개를 펴고 있었네

산이 말했네

어서 가보게, 그대의 집으로……

햄버거와 구름

그 여자는 정오에 구름을 보며 햄버거를 먹었다.

햄버거에서 구름이 떨어졌다.
그 여자는 구름이 맛있다고 생각하며 먹었다.
그 여자는 손가락을 쪽쪽 빨며 소스가 쳐 있는 햄버거의 고깃덩이를 씹었다.

순간
빗방울이 두 개의 빵껍질 사이에서
떨어졌다.

오, 햄버거는 우리를 기다리지 않는다.

감　　자

감자여

거기 검은 비닐의 홑이불을 제치고
두 개의 굵은 뿌리와
백서른다섯 개의 실뿌리를 공중을 향하여 굽이치고 있는
너

온몸을 쭈글쭈글하게 하면서
금빛 욕망을 지구에 접속시키고 있는 너

네 눈물의 소금기가
베란다를 적시고
엘리베이터를 적시고
아파트 정문으로 흘러내린다

모든 향수와
모든 부재와
모든 유토피아
…………

어쩔 수 없구나

일으켜 세우라
눈물이여,

거기 두 개의 굵은 뿌리와
백서른다섯 개의 실뿌리를 지구를 향하여 굽이치고 있는
너

정　오

아마 정오쯤 되었을 것이다.
후덥지근한 바람을 들고
그 전시실 속으로
우리 천천히 걸어 들어간 것은

유리 상자 속에는
귀떨어진 주전자, 옥반지, 옥귀걸이,
검은 참빗, 붉은 허리띠……
벽에 걸린 누우런 상상도 속에서는
갑옷을 입은 한 사내가
우리를 내다보고 있었다.

거기 너의 발도 앉아 있었다.
퍼어렇게 얻어맞은 금신발에
긴 뼈를 집어 넣고 있었다.

아마 정오쯤,
보리수 흰 꽃을 지나
우리 모두 유리 상자 속으로 걸어 들어간 것은.

'시체꽃' 소식

인도네시아 발리 섬의 베두굴에 있는 라카 카리야 식물원에는 높이가 2.35m에 이르는 거대한 라플레시아 아르놀디라고 하는, 기이한 꽃이 있다고 하네.

3년에 한번씩 꽃이 피는 이 식물은 향기 대신 악취가 풍긴다고 하네.

사람들은 이 꽃을 '시체꽃'이라고 부른다고…… 커다란 배추같이 생겼군, 나는 가보지 못했네만,

아마 그럴걸세, 가끔 세상에는 이상한 일들이 있으니까…… 아니면 원래 향기란 그런 것이 아닐는지…… 세상의 아름다운 것들이란 모두 그런 악취를 풍기는 것인지도 몰라. 다만 우리네 코라는 녀석이 악취를 향기로 실어들이는 것인지도.

(하하, 無限天空 저 하늘이 실은 우리를 넘실넘실 가두고 있듯이, 사시사철 천장으로 벽으로 군센 창으로 가두고 가리어.)

내가 너를 가리고 있듯이, 내가 너의 심장 소리를 듣지 못하고 있듯이, 우리는 아무것도 듣지 못하고 있듯이.

月明이 던진 곡조

모래밭에 잠시

집으로 오는 길이었어
모래밭에 잠시 들렀었지
바람들이 눈가를 훔치며 달려오고 있었어
물새들은 종깃종깃 날개를 털며 걸어다니고
게 한 마리 일찍 자기 집에서 나와 걷고 있었어

그때였어
그 여자 바닷속으로 들어가기 시작한 것은

두 발이 잠겼어

곧
허리가 잠겼어

곧
어깨가 잠겼어／수평선이 가까이 오고 있었지

나는 피리를 불었어／게 한 마리 황급히 자기 집 속으로 사라졌어

눈물을 방울방울 떨어뜨리며……

이 모두 어느날 모래밭에서 일어난 일이었어
집으로 오는 길에
우리 모두 집으로 돌아오네, 다음날 떠나기 위해.

두 갈래 길

그날도 우리는 달리고 있었어요, 그림자 가득한 숲의 입들이 우리의 길을 핥아대고 있었죠, 단풍나무가 소리쳤어요, 저쪽으로 가게——, 소나무가 소리쳤어요, 이쪽으로 어서어서——, 사슬 풀린 개 한 마리 쫓아오고 있었어요 …… 개의 이빨이 푸른 햇빛 아래서 널름거렸죠, 뒤집어진 돛폭처럼 펄럭펄럭, 길은 두 갈래…… 언제나 둘…… 두 ……

우리는 달리고 있었어요, 평화의 하얀 꽃 클로버를 지나서, 자작나무 큰 키를 지나서, 두 개의 동그란 빵 같은 작은 무덤을 지나서, 잠자리 은빛 날개들 웅성이고 있는 약수터를 지나서, ……지나서, 지나서……

지금도 우리는 달리고 있어요…… 그대는 이쪽으로, 그대는 저쪽으로……

햇빛—— 날리는—— 두 갈래——

길 위——

그날 오후

드넓은 홀 안에는 비에 젖은 구두들이 예의바르게 앉아 있었다. 후드득후드득 빗방울들이 떨어져 눕는 소리가 들려오고, 그 사이로 추억들이 살그머니 돌아다니고 있었다. 가장 낡은 구두에게 상패가 수여되었다. (언제나 깊고 험했으며……) 추억들이 힘없이 박수를 쳤다…… 벽들이 참지 못하고 허리들을 꼬았다.

그때였다. 문이 쓰윽 열리고, 젊은 남자들이 벽들마다 발돋움하고 서 있는 양초에 일회용 라이터를 가지고 다니면서 불을 붙였다…… 비스듬히——지평선에 서서 지구에 불을 붙이듯이.

아직도 밖에서는 비가 오고 있는 모양이었다.
한숨들이 들이닥치는 것을 보니.

그

그래, 너무 많이 걸어왔네
이제 돌아갈 수도 없어, 지나온 길이 너무 깊어
그는 사진 속에서 웃고 있는 자신의 입을 본다.
그는 사진 속에서 모자를 비뚜로 쓰고 단추를 덜 채운 자신의 키를 본다.
인생은 비극이었으나 그리 슬플 것은 없다고
사진에 대고 항변하면서
희끗희끗한 머리
군살이 낀 어깨
겉보기에는 안 그렇지만 너무 살이 찐 배
주말에는 골프를 치고
주말에는 동창생을 만나고,
(…………)
잠속에서는 시간을,
영혼을 꺼내든다.
아, 인생은 별 게 없어, 입술을 흩날리면서

그리고

바람 속에서 바람 속으로 걸어간다.
바람 속에 눕는다.

금 오 산

어디서 모르는 이의 울음이 자꾸 들려오고 있다.
그대와 그대가 부르고 있다.
그대와 그대가 그리로 들어간다.
흔들리며, 흔들며
추억과 욕망 뒤섞어 흔들며
따뜻한 뿌리 그림자
젖어서 누운
그곳!
오늘도.

너를 찾아

비리데기, 가장 일찍 버려진 자이며 가장 깊이 잊혀진 자의 노래

너를 찾아 간다
천리사방
바람들이 우수수 닫히고 있다
늑대 한 마리가 허연 이를 내밀고 엎드려 있다
땅위의 모든 육체들은
제 그림자들을 꺼내어
구름밭에 기대어 있구나
저마다 추억의 거울을 꺼내들고
호호 입김 불며 닦고 있구나
여기, 받쳐들 안개도 없는
여기, 한개의 추락이 다른 한개의 추락을 손꼽아 기다리는
여기 !

너를 찾아 간다
추락하는 따스한 빛 사이
닫힌 바람들 우수수 일어서고 있을 때

‘배고프지 나의 사랑아’

등뒤에는 장대하게 하늘이 펼쳐져 있고
배들은 떠나려고 긴 마스트들을 허공에 내밀고 있을 때
그가 내게 주춤주춤 손을 내밀었다.
태양은 닿을 수 없이 멀었으나
기다림에 지친 모래들, 방파제 밑에서 주욱주욱 울고 있었으나
바닷가 얇은 길 속에서
두런두런 사람들은
잘 떨어지지 않는 비닐 방바닥의 머리카락처럼
달아난 시간의 속살들을 엎드려 줍고 있었으나
힐끗힐끗 뭍을 들여다보며 나는〔飛〕 새들

그가 내민 손을 나는 잡았다.

등뒤에는 장대한 하늘을 꼬옥 물고 있는 구름
눈물을 참고 참아 잔뜩 부은
바람 서넛

‘배고프지 나의 사랑아／엎디어라 어서 무릎에 엎디어라’*

* 이용악의 시 「장마 개인 날」에서 인용. '나의 사랑아'가 이용악의 시에서는 '나의 사람아'로 되어 있음.

구름 속의 묘지

바퀴벌레 약을 만들었다.
이웃집 부인이 가르쳐준 대로
감자를 삶아서 으깨어 붕사를 넣고, 설탕을 치고, 동글동글하게 말아서.
집안 곳곳에 놓아두었다.

바퀴벌레여,
어딘가 숨어 있을 그대여
이리로 오라, 우리가 준비하고 있는
이 달콤한 성찬을
이리로 오라, 우리가 준비하고 있는
이 달콤한 구름 속의 묘지를

아, 장롱 뒤며, 찬장 뒤에 그것을 은밀히 감출 때의
그 쾌감
마치 살인이라도 준비하듯이
우리가 우리를 죽이고 싶을 때의
그 쾌감
마흔이 넘어서도 살고 있는

이 절망의 기쁨

아 그대여 오라, 우리가 죽이는 우리의 역사의
이 달콤한 구정물,
달콤하라, 달콤하라, 세계의
뒷길들에 있는 모든 자질구레한 실밥들이여
이 멋대로 흘러감이여.

감천 고개

내 옆의
옆의
옆에서
울고 있는 너는
누구인가

　　　감천 고개로 올라가는
　　　길 속
　　　언제나 벽화처럼
　　　앉아 있는 그

내 옆의
옆의
옆에서
그 옆에서

　　　오늘은 국수 다발을 들어
　　　훌훌 마시고 있구나

입술을 태양 너머로
벌리고서
눈물을 산 너머로 달리게 하면서

　　　흐린 날에는
　　　고구려 고분의
　　　저문 벽화가 되어

내 옆의 옆
방
칸막이도 없는
우리의 일생
곁

　　　날개를 벗고 있는
　　　물새들 앞에.

매일자는 피

그 버스 종점 건너편에는 말썽 붙은 땅이 하나 있습니다. 너덜거리는 키 작은 판자로 사방을 둘러쳤는데, 울퉁불퉁한 그 판자에는 시뻘건 페인트로 잔뜩 성난 사람이 쓴 것이 분명한 구호가 적혀 있습니다. **매일자는 피……!**

마음 약한 나는 얼른 내 팔다리를 돌아봅니다. 피들이 잠들어 있다구? 마음 약한 나는 머리도 흔들어봅니다. 피들이 잠들었다구?

머릿속에서 그림자 하나가 길바닥으로 뛰어나갑니다. 아, 내 그림자? 팔을 뻗쳤더니 팔에서 실핏줄들이 한길 가운데로 쏟아집니다. 알약이 쏟아지듯이, 햇빛 환한 길, 내 사랑하는 양털구름도 없는 길.

아하, '매입자는 피해보상을 하라!'는 구절이 비바람에 쓸리고 닳아 그렇게 된 것이군요.

한길에 나뒹구는 헌 그림자.

핥고 핥고 핥아

햇빛은 어디인가로 간다, 내 사랑하는 양털구름도 없는 길, 집을 찾아서.

그 버스 종점 건너편.

제 2 부

저녁 그리고 밤의 시들

연 애

그대가 밖으로 나가네
등불 하나를 켜네
뒤에서 빗방울이 달려오네

그대를 따라 깊어진 어둠도 밖으로 나가네
문에는 든든한 네 개의 열쇠를 채우고
늙어오는 길과
늙어 있는 길을 지나

그대가 밖으로 나가
돌아오지 않네
등불 둘을 켜네
뒤에서 빗방울이 달려오네

이 다정한 뭍의 死者들
자정엔 헛소리를 꺼내 드는
아, 이 바닥없는 뭇 잠의 추억들

그대가 밖으로 나가

돌아오지 않네
등불 셋을 켜네

뒤에서 빗방울이 달려오네
그대가 돌아오지 않네

저녁 하늘 아래

어린 게 한 마리, 물의 모자를 덮어쓴 채
방파제 위로 달려나가고 있다
키 큰 파도가 훌쩍, 들여다보고 있는
거기
웅덩이에 빠지지 않으려고 갈색의 얇은 발
기를 쓰고 흔든다
살찐 빗물이 그 위로 떨어져 내린다

사랑해야지
(웅덩이와 빗물 합창)

창백한 저녁 하늘 아래.

보 름 달

보름달이 은빛 입술로 기나긴 하늘을 핥고 있는 밤/어미 거북 한 마리, 빈 모래 위에 엎디어 있네/그 녀석의 몸뚱이는 폭풍을 기다리는 배 같고/그 녀석의 목은 분명 오래된 돛대 같네/무언가 떨어지네/모래 속으로 빛나며/그 녀석의 목이 조금 흔들리는 것 같네/알이군, 보름달이군

서성이는 바람
모래를 떠나지 못하네

보름달이 은빛 입술로/기나긴 하늘을 핥고 있는 밤/텅 빈 빌딩과 빌딩 사이 그 어미 거북 또 엎디어 있네/먹구름 같은 제 가슴/바람이 밀어대게 두고 있네/무언가 빛나는 것이/길 위에 떨어지네 길이 잡아당기듯이/보름달, 보름달

아아아앗——
누가 소리 죽여 비명지르네
그 소리 세상을 울리네.

흐린 날의 몇 사람

바람이 얼룩진 접시 위, 물고기 한 마리 누워 있다, 그것의 살은 잘게 잘게 저며져 있었고, 이런 시간이 오기를 기다려온 그것의 눈은 한껏 크게 벌어져 창밖의 어둠을 빨아들이고 있었다, 오늘 저녁은 따뜻하죠?라든가 ……라든가 ……들을 다 알고 있다는 듯이 가끔씩 푸들푸들 경련하며, 어느 한때 분명 바다 밑을 헤엄쳤을 그것, 어느 한때 분명 물풀에게 사랑을 속삭였을 그것의 푸른, 시간이 얼마쯤 지나자 주방 아주머니가 들어와 그것의 너덜거리는 뼈를 꺼내어 흔들며 바람 속으로 사라진다,

아직도푸들거린담, 아주머니는긴뼈를흔든다, 대가리는매운탕에넣어 고동색의점잖은빛, 바람소리에나귀기울일것을, 우리의다리는이제너무힘이없어,접시마다눈물이흐른다

아주머니의 손에 떠메어 나가는 물고기의 뼈와 둥글고 울퉁불퉁한 대가리에 쓰러져 누워 질질 끌려나가는 지느러미, 물고기의 눈이 뒤를 돌아본다, 바람벽 같은 상 위에 지느러미가 검은 돛폭처럼 휘돈다. 놀란 이들이 뼈만 남은 팔목의 시계를 바라본다.

저물녘
햇빛은 얼마나 가혹한가.

가을의 시

나뭇가지 사이로
잎들이 떠나가네
그림자 하나 눕네

길은 멀어
그대에게 가는 길은 너무 멀어

정거장에는 꽃그림자 하나
네가 나를 지우는 소리
내가 너를 지우는 소리

구름이 따라나서네
구름의 팔에 안겨 웃는
소리 하나,
소리 둘,
소리 셋,
無限,

길은 멀어
그대에게 가는 길은 너무 멀어.

너무 멀리

비리데기, 가장 일찍 버려진 자이며 가장 깊이 잊혀진 자의 노래

그리움을 놓치고 집으로 돌아오네
열려 있는 창은
지나가는 늙은 바람에게 시간을 묻고 있는데
오, 그림자 없는 가슴이여, 기억의 창고여
누구인가 지난 밤 꿈의 사슬을 풀어
저기 창밖에 걸고 있구나
꿈속에서 만난 이와
꿈속에서 만난 거리와
아무리 해도 보이지 않던 한 사람의 얼굴과
그 얼굴의 미세한 떨림과
크고 깊던 언덕들과
깊고 넓던 어둠의 바다를,
어디선가 몰려오는 먹구름 사이로.

너무 멀리 왔는가.
아니다, 아니다, 우리는 한발짝도 나가지 못했다.
그리움이 저 길 밖에 서 있는 한.

비 내리는 언덕 위에

비리데기, 가장 일찍 버려진 자이며 가장 깊이 잊혀진 자의 노래

그날은 아마도 비가 내렸지, 수고하며 짐진 자들아, 내게로 오라 은빛 빗방울들이 지상을 향하여 몸을 던지고 있었어, 가슴 속까지 비에 젖으며, 우리는 그 오솔길로 올라가고 있었지, 십자가를 든 신부와 세 딸과 어린 한 아들, 길은 길게 질퍽거렸어, 풀들이 비를 맞으며 몸을 뒤틀고 있었어, 삽살개 한 마리 앞으로 뛰어가고 있었어, 엷은 안개가 길목에 서 있다가 일행에게 인사했어, 오솔길이 주위를 두리번거리다 드디어 울음을 터뜨리며 주저앉았어, 신부님이 중얼거렸네, '수고하며 짐진 자들아 내게로 오라'

흰 날개 펄럭이며
아버지, 비 내리는 언덕 위에
서 계셨네.

물에는 산들이

비리데기, 가장 일찍 버려진 자이며 가장 깊이 잊혀진 자의 노래

길을 물어물어 갔다. '펌프里'라고 하였다. 황혼. 나는 펌프질하는 산을 생각했다. 나뭇잎들도 펌프질하고, 길도 펌프질하고, 시간도 펌프질하고…… 산것들은 모두 펌프질하는 그곳. 눈매 붉은 구름이 주위를 두리번거리고 있었다. 풀뿌리들이 느릿느릿 흙을 떠받들며 나오고 있었다.

時針들이 모여 달아나는 秒針들에게 소리소리 지르고 있었다. '본포里'라는 팻말이 보였다. 흑두루미 한 마리가 저수지 속 마른 나무 등걸에서 쉬고 있는 중이었다. 흑두루미의 날개가 눈매 붉은 구름을 부드러운 제 깃털 속에 넣고 있었다. 바람이 자꾸 그 속으로 들어가려 하고 있었다.

물에는 산들이 비치고 있었다. (뭍것들 중에 그림자 없는 것이 있으랴)…… 산들은 그러면서 물위에 자기를 내려놓고 있었다. 나도 나를 내려놓기로 했다. 점점 산 그림자가 짙어지고 있었다. 아무도 그림자를 막지는 못하리…… 우리는 그림자를 들고 그곳을 떠났다. 흑두루미가 흑두루미의 그림자를 접을 때, 풀뿌리들이 풀뿌리들의 그림자를 접을 때.

너를 사랑한다.

세계의 밤

문을 열다가
새파랗게 입술 떨고 있는 달과 만났다
달은
오늘밤 세계에서 가장 슬픈 이에게 가고 있는 중
이라고 말했다
나는
"내가 아마 세계에서 가장 슬플 거요"
라고 말했다

옆에서 바람이 듣고 있다가
"나는 오늘밤 세계에서 가장 무거운 이에게 가고 있는 중"
이라고 말했다
출렁이는 지붕들, 벼랑처럼 아득한 겨드랑이를 만지며
"우리가 아마 세계에서 가장 무거울 거요"
라고 말했다

고개를 깊이깊이 숙이며 돌아서니
바닥에 앉아 있던 모래

뛰쳐 일어나며 말했다
"나는 오늘밤 세계에서 가장 긴 이에게 가겠네"

나는 놀라 문을 닫았다

달은 산 너머 사라지고
달 옆의 바람도 바람 너머 사라진
깊고 깊은 밤
세계의 밤.

日　沒

거기 가면
장엄하게 눕는 태양과 만난다
열려 있는 모래들은 다가오는 어둠의 추억으로 입술을 펄럭이기 시작한다

우리는 짐을 내린다

검은 비애의……
펄럭이는 유혹
누가 자꾸 수평선의 발목을 잡아당기는구나

모래구멍 속에서 게들의 날개 휘날리기 시작!
들썩거리는
아,
세계의 게들

누가 바람의 무릎에 올라앉는다
버려라, 버려라

우리는 짐을 버리기 시작한다

후포의 가자미

참, 날씨가 좋군
바다가 길어지고 있어
적당한 파도
적당한 바람
나는 잘 말라가고 있어.
뼈도 내장도 없이.

이제 떠나게
길은 열어두었으니

눈앞에서 길어지고 있는 바다
적당한 거품
적당한 안개……

(머리칼 새로 기어드는 바람 지껄이네)

나는 잘 얼어 있다구.
그대의 가슴 앓은 냉동실에서.

밀　　물

눈부신 봄 저녁
밀물 오르는
바다 앞에 섰다

눈떠다오, 거품들아

빨리
렌즈를 갈아 끼운다

어두워지면

아마
저녁의 햇살에
창백해지며
거기, 너는
오늘도
발발 떨며
서 있으리라
누군가
영혼을 적은 편지 한 통
넣어주기를 기다리며

어두워지면 새들도 몰래 돌아오리니

먼지와 먼지 사이
빌딩과 빌딩
사이
그림자와 그림자
사이

아, 별은

바람이 바람을 때리며 지나가네
바람 속의 얼음 한조각이 얼음 두 조각을 베어물며 지나가네
얼음 속에 갇힌 물고기 한 마리
펄럭이는 물풀에게 사랑의 신호를 던지며 지나가네
얼음 속에 갇힌 물고기 두 마리
자기들의 사랑의 신호를 헐떡헐떡
구름에게 던지며 지나가네
구름 하나가 구름 둘을 쓰다듬으며 지나가네
어디서 달려나온 모래 하나
구름의 무릎에 앉은 꿈을
벼랑에 냅다 던지며 지나가네

아, 별은 벼랑
한 별이 두 별을 덮으며 지나가네
지나가네.

포　　획

오늘 나는
설설이 한 마리를 잡았다,
기를 쓰고 도망가는
그 녀석을

오늘 나는
거미의 집을 부쉈다,
가장 어두운 구석에
가장 은밀하게 지은
그 녀석의 집을

오늘 나는
불빛을 보고 날아 들어온
풍뎅이 한 마리를 죽였다,

초록 껍질에 묻은
그

활짝 핀 불빛을.

밤길 위에서

그날 밤 나는 어둠을 흔들며
(병 속에 가득한 물처럼 추울렁추울렁하는 어둠)
어둠 속으로 가고 있는 중이었지, 어둠 속에 길게 눕는 그림자를 바라보며, 그 그림자 끝에 희끄무레한 것이 하나 …… 헝겊 조각 같은 것이 하나 누워 침을 흘리고 있었어,
나는 그림자를 더 세게 흔들며, 그것을 지나갔지,
침이 아니라 피였어, 가늘게——힘들게 흐르고 있는 피, 나는 한참 들여다보았지,
너는 조용했어, 아주 편안해 보였어, 마치 아랫목에 누운 듯이 그렇게 평화로이, 지상에 얼굴을 대고,
나는 찔끔——어깨를 흔들었지——내가 걷고 있는 이 길은 탄탄한가, (추울렁추울렁어둠)
아니 옆에 누울까
(아니 내 피도 그렇게 떠나기 힘들 거야)

누군가, 너는 누군가.

너는 던져졌다, 거기

아니 여기 말고, 거기.
아니 거기 말고, 여기.
아니 여기 말고, 저 가운데쯤에.
아니 거기 말고, 저 가운데의 가운데쯤에.
아니 거기 말고, 그 구석에.
아니 거기 말고, 그 구석의 가장자리쯤에.

떠나면서, 떠나지 않으면서,

가장자리의 중심에.
중심의 가장자리에.

중심에.

너는 던져졌다, 거기

장 날

장날이었다, 반짝이는 것들이 가득했다, 알사탕이 오색의 무지개를 뻗치고 있는 리어카 옆에는, 빛나는 무, 눈부신 시금치, 한곳에 가니 물고기들이 펄떡펄떡하고 있었다, 거기 깃발 같은 지느러미 윤기 일어서는 살에선 바다가 줄달음질치고 있었다, 허연 눈동자가 잔뜩 기대에 차서 장날을 내다보고 있었다.

저녁은 가깝고
아침은 머네
어기여차 어야디야
어기여차
어야디

우리는 그 앞에 섰다, 두 마리를 2,000원에 샀다, 그것을 검은 비닐 봉지에 넣었다, 튀어오르지 않도록 입구를 단단히 묶어 가방 속에 넣었다, 아마 그 녀석은 바다 속이라고 생각하였을 것이다, 바다 속의 정적과 자유이리라고.

우리는 저물녘에 거기를 떠났다, 한밤중 가방을 열고 봉

지를 풀었을 때 너는 거기 없었다, 얌전한 죽음 두 개가
비닐의 이불을 덮고 고요히, 누워 있었다.

아침은 멀고
저녁은 가까우네
어기여차 어야디야
어기여차
어야티.

부　　재

이반 라코비치
크로아티아의
그림을 썩 잘 그린다는 사람
그 가는 수채화의 빈 공간에는 아무것도 없어
가는 팔, 머리카락, 가슴——없어
이반 라코비치
不在에 不在를 칠하고 있는 너
그림자에 그림자칠을 하고 있는 너
그려봐, 입술을
그려봐, 뺨을
그려봐, 납작한 가슴을
이반 라코비치
여기는 길이 없어
바람도
없는 바람뿐.

이반 라코비치
크로아티아의
그림을 썩 잘 그린다는 사람
환상에 환상을 칠하고 있는 너!

허공 하나를

어제
허공 하나를 얻어왔네
벽에 걸었네
밤새도록 닦았네

별 하나가 숨을 몰아쉬며 뛰어나왔네

——이제 누워보게나,
부시게 속삭임.

용 황 당

꿈이 덜 깬 그림자들이
밤새워 연기의 보따리를 푼다.

어둠의 몸이 그렇게 가벼울 줄이야!

불　빛

거기
눈썹이 검은 아들과
가슴이 두꺼운 어머니와
깊은 어깨의 아버지
그리고
목이 긴, 붉은 딸이
있을 것이다.
그림자 하나씩
따뜻이
메고 있을 것이다.

저물녘의 노래

저물녘에 우리는 가장 다정해진다.
저물녘에 나뭇잎들은 가장 따뜻해지고
저물녘에 물위의 집들은 가장 따뜻한 불을 켜기 시작한다.
저물녘을 걷고 있는 이들이여
저물녘에는 그대의 어머니가 그대를 기다리리라.
저물녘에 그대는 가장 따뜻한 편지 한 장을 들고
저물녘에 그대는 그 편지를 물의 우체국에서 부치리라.
저물녘에는 그림자도 접고
가장 따뜻한 물의 이불을 펴리라.
모든 밤을 끌고
어머니 곁에서.

꿈 속 에

그 집은 꿈속에 있네
그리로 가는 길을 잊어버렸네
붉은 파초 잎에 떨어지는 빗방울
흰구름 무성하던 작은 뜰
너무 어려서 비를 뿌릴 줄도 모르던 작은 구름
길고 흰 부리에 주홍 바람을 물고 있던
살찐 거위 두 마리

그대가 꿈에 젖어 떨고 있는 사이
무성한 흰구름은 가버리고,
붉은 파초 잎에 드러눕던 작은 빗방울
너무 작아서
세상을 적실 줄도 모르던 작은 빗방울

그 집은 꿈속에 있네
그리로 가는 길을 잊어버렸네
길고 흰 부리에 주홍 바람을 물고 있던
날 줄 모르는 새, 살찐 거위 두 마리

그대 이제 집으로 가려는가……

산　　길

그러면 이제 오게
어디 잠 없는 꿈이 있으랴

그래 그래 괜찮다
잡풀들이 고개를 끄덕인다
잡풀들이 고개를 끄덕일 땐
잡풀들의 허리도 끄덕인다
뿌리만이 진흙 속에 굳게 박힌 채
끄덕인다
반쯤 깎인 산 전체가
끄덕인다

그래 그래 기다리마
가슴 패인 산에
아무렇게나 솟은 잡풀들이
낮은 고개들을 끄덕인다

어디 꿈 없는 잠이 있으랴

그래 그래 괜찮다

그대 이 별에 있다면.

개

이 시대에 隱者는 없다

햇빛도 설핏할 무렵, 좁고 더러운 골목길에 차들이 빼꼭이 서 있다. 차들 사이로 개 한 마리 비굴하게 서 있다. 잘 목욕시켜 놓으면 아주 좋은 개일 것이라는 생각이 든다.

크림색의 목덜미와 갈빛의 눈동자가 햇빛에 더럽게 빛난다. 녀석은 행인의 뒤를 따라 이리 비실 저리 비실 걸음을 옮긴다.

아빠의 손을 잡고 오던 꼬마 계집아이가 "개야, 이리와" 하고 소리를 지른다. 목소리가 사금파리처럼 햇빛 날리는 길 위에 부서져 반짝거리며 앉는다. 개는 따라갈 듯하다가 움찔 뒤로 물러선다. 꼬마 계집아이는 벌써 저만치 사라졌다. 녀석의 갈빛의 눈, 참 아름다울 뻔했다. 꼬리를 끌며 부서지는 햇빛……

이 시대에 隱者는 없다.

차들 사이에 크림빛 개의 목덜미는 햇빛에 부서지며 외로이 서 있고, 갈빛의 눈, 갈 곳이 없는 갈빛의 눈, 비실 비실 길 위를 헤맨다.

"개야, 이리 와" 내 입술이 낮게 달싹거리다 만다.

그때 등뒤에서 비틀거리는 한 사내, 취한 목소리가 달려
들었다.
"집으로 갑시다아…… 집으로 갑시다아……"

그대 한 손에 어둠을 들었으니
오늘 저녁 깊고 추운 어둠의 나락으로 들어가리라

이 시대에 隱者는 없다.

어떤 비닐 봉지에게

어느 가을날 오후, 비닐 봉지 하나가 길에 떨어져 있다가
나에게로 굴러왔다.
그 녀석은 헐떡헐떡거리면서 나에게 자기의 몸매를 보여
주었다.
그 녀석이 한 바퀴 빙 돌았다, 마치 아름다운 패션모델
처럼
그러자 그 녀석의 몸에선 바람이 일었다.
얄궂은 바람, 나를 한대 세게 쳤다.
나는 나가떨어졌다. 한참 널브러져 있다가 내가 정신을
차렸을 때는
그 녀석, 비닐 봉지는 바람에 춤추며 가는 중이었다.
나는 마구 달려갔다, 바람 속으로
비닐 봉지는 나를 돌아보면서도 자꾸 달아났다. 나는 그
녀석을 따라갔다,
넘어지면서, 피 흘리면서
쓰레기들이 옹기종기 모여 있는 곳으로,
실개천이 쭈빗쭈빗 흐르고,
흐늘흐늘 산소가 없어지고 있는 곳으로,
우리의 꿈이 너덜너덜 옷소매를 흔들고 있는 곳으로,

비닐 봉지는 나를 돌아보며 소리쳤다,

나는 위대해! 나는 영원해!

나는 몸을 떨었다, 귓속으로 그 녀석의 목소리가 쳐들어왔다.

——나는 영원히 썩지 않는다네, 썩지 않는 인간의 자식이라네.

비닐 봉지는 바람 속에 노오란 꽃처럼 피어났다.

추억 속의 당금애기

사랑하는 이를 따라 산을 넘었다
해는 설핏 기울고
적막 가운데로, 사랑하는 이
조약돌 하나 던졌다
조약돌이 풀뿌리에 맞았다
달려오는 별들을 보아!
어떤 것들은 윙윙 구름을 가리키고
어떤 것들은 윙윙 들꽃들을 가리켰다
풀뿌리들이 산을 잡고 놓아주지 않았다
풀뿌리들이 산을 던졌다

사랑하는 이를 따라 산을 넘었다
적막 가운데로 우리는 화살을 쏘았다
화살에 꿰어진 햇살들이 그림자가 되어 돌아왔다
사랑하는 이, 산을 넘으며
내게 그림자 한입을 주었다

그림자는 사랑하는 이의 겨드랑에 날개를 달아줄 것이다!

사랑하는 이가 그림자를 쓰다듬었다
나도 그렇게 했다
사랑하는 이가 그림자의 한 귀퉁이를 실처럼 풀었다
나도 그렇게 했다

해는 설핏 기울고

풀뿌리들이 적막으로 가다가 우리를 보았다
우리는 그림자를 화살에 꿰어 계곡에 버렸다
계곡에는 화살에 꿰인 그림자들이 많이 있었다

사랑하는 이는 가버렸다, 나에게 조약돌 하나를 남기고
사랑하는 이는 가버렸다, 나에게 그림자 하나를 남기고
사랑하는 이는 가버렸다, 나에게 화살 하나를 남기고
우리가 잃어버린 매일처럼.

어둠을 주제로 한 시 두 편

1. 김수영을 추억함

어둠이 온 뒤에도 또 오네
어둡다 말한 뒤에도 또 오네
등불 하나를 켜도 또 오네
등불 둘을 켜면서 또 오네
한 집 건너 또 오네
두 집 건너 또 올까
한 걸음 지나 또 오네
두 걸음 지나 또 올까
문 닫아도 닫아도 또 올까

2. 횃 불

산에 어둠이 내렸다／신문지를 길게 말아 횃불을 만들었다／손에 손잡고 미끄러져 내려와, 돌아보니／누가 꽂은 깃발들일까／새 어둠이 가득 펄럭펄럭거렸다／나는 이런 시 하나를 생각했다

마을 한구석에 어둠이 살고 있었네
그 어둠속에 한 사람이 빠졌네
사람들이 달려와 그 어둠을 펐네
밤새도록 펐네
드디어 그 어둠은 없어져
우리는 그 사람을 건져내었네

그 다음날 또 사고가 났네
우리는 몰려가 그 어둠을 펐네
밤새도록 펐네
드디어 그 어둠은 사라져
그 사람이 후들후들 심연에서 기어나왔네
우리는 이번에야말로 어둠이 다아아 물러간 줄 알았네
기뻐 날뛰었네
하루 낮을
또 하루 낮을
…………

돌아와 현관문을 여는데, 누가 피곤한 내 가슴을 두드렸다／바람！／어둠이 그것의 허리를 꼬옥 안고 있었다.

제 3 부

새벽 그리고 아침의 시들

아　　침

이제 내려놓아라
어둠은 어둠과 놀게 하여라
한 물결이 또 한 물결을 내려놓듯이
한 슬픔은 어느날
또 한 슬픔을 내려놓듯이

그대는 추억의 낡은 집
흩어지는 눈썹들
지평선에는 가득하구나
어느 날의 내 젊은 눈썹도 흩어지는구나.
그대, 지금 들고 있는 것 너무 많으니
길이 길 위에 얹혀 자꾸 펄럭이니

내려놓고, 그대여
텅 비어라
길이 길과 껴안게 하여라

저 꽃망울 드디어 꽃으로 피었다.

새 벽 별

새벽 하늘에 혼자 빛나는 별
홀로 뭍을 물고 있는 별
너의 가지들을 잘라버려라
너의 잎을 잘라버려라
별 하나 지상에 내려서서 자기의 뿌리를 걷지 않는다.

아침 신문

오늘 아침, 수류탄 위에 넘어져 죽은 한 이등병의 소식을 읽는다
실은 자살할 용기도 없었으며,
인질과 함께 하이트 맥주 다섯 병을 나눠 마신 뒤 세상 모르고 잘 만큼
순진하기 짝이 없었으며,
한강 공원에서의 새벽 나절엔 드라이브하자고 했다는, 그 이등병의
소식을 읽는다.
그러나
고향인 광주로는 가지 않겠다고 했으며
하늘은 보지 않겠다고 했다는.

그런데 그것은 사실일까,
우리들의 그 일단 기사, 그대를 요약함……

떨어져나간 살점이 그 동네에는 수북했다고 한다.
떨어져나간 군복 조각과 함께,
함께

떨어져나간 그리움 조각과 함께,
함께.

엘리어트 씨의 사진

도서관으로 가는 길은 멀었습니다

멀었으나

흰 모래밭을 지나면
오른쪽으로 언덕
언덕을 올라가면
또 하나의 길……

거기 펄럭이는 벽 위에
당신은 서 있었습니다

매부리코에
빛나는 눈

'그러면 갑시다, 그대와 나
저녁은 하늘 아래 에테르로 마취된 환자처럼 펼쳐져 있으니……'*
속삭이면서.

* 인용부호 속의 두 줄의 시구는 T. S. 엘리어트의 「프루프록의 연가」 중의 일절임.

머나먼 나라

나는 그때 다섯살이었어요／아무것도 뵈지 않았어요／대문을 여니 눈이 발목까지 빠졌죠／길이 없었어요／캄캄함이 사방에서 달려들었어요／나는 한참 동안이나 서서 내 뺨에, 허리에 달라붙는 캄캄함의 조각들을 떼어내고 있었죠／식구들은 어둠 길게 누운 방안에서 나를 기다릴 거예요／양초를 사 올 나를 말이죠／ 길고, 흰, 주홍빛 불꽃／그런데 내 앞에는 벽들밖에 없었어요／튼튼히 늘어선 벽, 눈 속에 아랫도리를 파묻고／영차 어영차／세상을 밀고 있었어요

넓적다리까지 빠졌죠, 쯧쯧 이런／머나먼 나라를 향하여.

염 소

미사리에서

조그만 울에 갇혀 그 녀석은
풀을 뜯으며 그 녀석은
노오란 눈으로 하늘을 올려다보다가 그 녀석은
풀과 함께 바람을 씹으며 그 녀석은
검은 궁둥이로 그 녀석은
흙을 받치고 그 녀석은
나를 바라보네
마치 별을 바라보듯이

그 녀석 !

都彌가 던진 곡조

그가 오네
축축한 잎새 사이
모래와 모래 사이
돌들을 끌고

그의 얼굴은
노을에 붉게 물들었네.
땅에는 그림자들의 춤
이렇게 많은 그림자가
모래 위에 누울 줄이야

그가 오네
그림자에 발목이 빠진 바람들

그의 눈은 텅 비었네
구름이 거기 구름의 집을 짓네

바람 속에서 녹아가는 머리
바람 속에서 녹아가는 입술

바람 속에서 녹아가는 혀

그의 혀에 매달려
잡풀 하나가 안간힘 쓰며 일어서는 게 보이네
그의 혀가 잡풀들을 핥네

——그가 오네
　　축축한 잎새
　　사이
　　모래와 모래
　　사이

　　던져라 그림자
　　네 영혼의 꽃실을 따라서.

천개의 혀를 위하여

눈부신 아침
FM 가정음악실의 여자 아나운서가 속삭였다.

그는 평생 동안 5296개의 꿈을 꾸었다고 합니다.
그는 평생 동안 9777m의 길을 걸었다고 합니다.
그는 평생 동안 5010개의 밥그릇을 비웠다고 합니다.
그는 평생 동안 322개의 단추를 달았으며
그는 평생 동안 10010번의 세수를 하였으며
그는 평생 동안 2090번의 전화를 하였다고 합니다.
그는 평생 동안 2411kg의 쇠고기를 씹었으며
그는 평생 동안 8515mg의 아황산가스와
그는 평생 동안 15632mg의 먼지와
그는 평생 동안 1210mg의 산소와……
그런데
그는 평생 동안
7791번 골목을 잘못 들어갔으며
그는 평생 동안 4521번 낭떠러지에 섰었으며
그는 평생 동안 39333번 넘어졌었다고 합니다.

그리고 비발디가 흘러나왔다. 비발디의 천개의 혀를 위하여.

언 덕 길

햇빛 날리는 아침 언덕길
일터로 가는 길에 세탁소 하나를 지나가네
——희망세탁소
——옷수선 · 가죽 · 세무 · 양털 · 카페트……

더러워진 양털이 고개를 숙이고 유리문을 두드리고 있네
때묻은 카페트 멈칫멈칫 언덕길을 올라오고 있네……
김이 푹푹 오르는 다리미
유리문 속에서
잔뜩 구겨진 벽들 다리고 있는데

컴퓨터 세탁 · 30분 완성……
그대도 다려줌, 그대도, 그대도……
그대의 뼈도 수선함, 뼈도, 뼈도……

못보던 나비 한 마리
얇은 날개 흔들며 날아오네
——아, 모시나비
(구릉지대에 서식함. 알프스 산등성이를 따라 새처럼 솟

아오르는 모습을 목격했다는 보고 있음.)

!

눈물—꽃—향기 바람에 날리는 언덕길

모르는 산으로의 행진

그날 우리는 산으로 가고 있었어요／발자국 내딛을 때마다／풀이파리들은 비명을 지르며 쓰러졌고／차디찬 바람들의 이마／우리들의 등을 밀어댔어요／이슬 밑에서 제 뼈를 핥고 있는 달팽이들／그때 당신의 목소리가 들려왔어요

사랑해야 하네, 작은 것들을
귀기울여야 하네, 가난한 것들에
쓰다듬어야 하네, 외로운 것들을

우리는 모르는 산으로 가고 있었어요／어둠 속에서 어둠의 옷 벗었다 입으며／수천 길 감춘 산／그곳／으로

그러나 이제 해가 뜨는 그곳
붉은 해 바람 미는 그곳으로

줄

해인사에서 하나

그림자들이 떠도는 아침 하늘 밑
해인사 올라가는 숲, 오솔길에 가보면
은빛 거미줄들이 수없이 햇살을 받고 있다.

내가 모가지를 걸 때까지
구름에 양팔이 묶인 채
심장을 탈탈 털어
내, 거기
눕혀질 때까지.

줄의 주인은 보이지 않는다.

새벽 바람

비리데기, 가장 일찍 버려진 자이며 가장 깊이 잊혀진 자의 노래

이제 일어설까, 일어서 떠나볼까

새벽 바람이 도착하니 어둠은 슬며시 물러가는구나
모든 잠의 옷섶에서 삐져나온 꿈들은
벚나무 흐린 그림자를 핥으며
뒤숲으로 빨리 사라진다.

이제 일어설까, 일어서 떠나볼까.

나의 허약한 아버지가 나를 부르고 있으니
가장 작은 지상의 것들이 나를 부르고 있으니

지상에서 가장 작은 불을 켤 수밖에 없는 이를 위하여,
눈물 하나가 끌고 가는 눈물을 위하여,
하루 치의 그림자밖에 없는 이를 위하여,

어디서 울고 있는 애인들을 위하여,
어디서 웃고 있는 순간의 입들을 위하여,

여기,
추억은 추억의 손을 쓰다듬으며 놓지 않는 곳
오래도록 지구를 돌아다니고 있는 구름이
어슬렁어슬렁 안개의 이불을 꿰매고 있는 곳

이제 일어설까, 일어서 떠나볼까
모든 길들은 서로 부둥켜 안고 숨을 헐떡이고 있다.

그대여, 길이 될 수밖에 없다.

거　　미

해인사에서 둘

내가 세상에 줄 하나 던지는 것은
은빛, 얇은 줄 하나 던지는 것은
줄 하나 던지고 보이지 않는 한켠에
응큼하게 웅크리고 있는 것은

모든 날개들은
키 큰 나무 곁에서
실눈 뜨고 있기 때문이다.
실눈 뜨고 뜨면서
그림자 하나에 얹혀 올
너의 살 한점
기다리고 있기 때문이다.

우리는 모두
따뜻한 살 한점
또는 그림자 하나
그립디그립게
기다리고 있기 때문이다.

짧은 그림자로

비리데기, 가장 일찍 버려진 자이며 가장 깊이 잊혀진 자의 노래

이제 떠나라
짧은 그림자로 저 길을 넘어가라
신속하게 추락하라
네 발은 축축히 젖어 있으니
길에는 두리번거리는 눈들, 눈들이 바람에 쓸리고 있구나
거세게 저 풀을 밟아주어라
풀들은 밟히면서 더 커 오르나니
아침의 입술에 묻은 이슬이라든가 서리 같은 걸 홀짝거리며 마실 때까지
노래여, 나에게서 떠나 나에게로 오는 노래여
발목까지 물 차오른
이 쓸쓸한 정거장에서
그대의 아버지를 찾아라
그대의 아버지를 살릴 약수를 찾아라

추락하는 영혼들의
노래를 불러라

편　　지

편지 하나 날아왔습니다.

'유니세프'에서 온 것이었습니다.

긴급지원 요청——레소토 어린이를 위한 담요 수송작전

나는 그 작전에 참여하기로 하였습니다.

5만명의 어린이가 영양실조와 질병으로 고통을 받고 있고, 매달 수백명의 어린이가 죽어가는 상황에서, 덮고 잘 변변한 담요 한 장이 아쉽다는 것은 상상하시기 어렵지 않으실 것입니다.

나는 정신이 번쩍 들었습니다.

우리는 죽어가고 있다. 우리는 고통을 받고 있다. 매달 수백명이 죽고 있는 상황, 덮을 이불이 없음.

나는 그 작전에 참여하기로 하였습니다.

우리는 죽고 있다? 그런데 덮을 이불이 없다?

이불들이 구름에 실려 도시의 하늘을 날아다니는 꿈을 꾸었습니다.

내 살이 이불이 될 수 있다면,

나는 기도했습니다. 이불을 위해서 고통을 위해서 이불에 서리는 식은땀을 위해서……,

> **긴급지원 요청——이불이 없음, 뼈가 없음, 덮을 구름이 없음, 뿌릴 눈물의 씨앗이 없음, 황폐함, 황폐가 우리의 이름임, 우리가 보낼 수 있는 것임, 황폐에 뿌릴 소금이 없음, 소금인 사랑 하나가 없음……**

편지 하나 날아왔습니다. 노오란 편지 하나……

편지 하나 날아왔습니다. 편지에는 구름이 그려 있었습니다. 내가 구름이라고 생각한 것이, 구름은 없고, 구름 속의 해도 없는.

나는 그 작전에 참여하기로 하였습니다.

은하를 향하여

작은 배 하나 갑니다.
짧은 팔 있는 대로 뻗어
불 하나 켜들고 갑니다.

짧은 배, 불 하나
검은 바람이 덮쳤습니다만
바람 제치고 달려갑니다.
빵 한 개, 높이 쳐든 돛
별이 하늘에서 보고 있다가
거기 내려앉기로 하였습니다.

짧은 돛, 별 하나
검은 물살을 넘으며 달려갑니다.
물의 들을 지나
물의 무덤을 지나
우리의 은하를 향하여.

그 여자

광복 50주년 기념시

그 여자는 달려왔다.

길고 긴 강물 출렁이는 물결의 푸른 살들을 지나서
길고 긴 수풀 펄럭이는 나무의 뼈들을 지나서

길고 긴 식민의 늪을 지나서
길고 긴 논쟁의 덤불을 지나서
길고 긴 이념의 언덕과
독재의 벽들을 지나서
불타는 얼굴들과
넘실대는 파괴들과
노예의 춤들을 지나서
그리고
"그날이 오면 그날이 오면은"이라고 한 시인이 외쳤던
광복의 계단을 넘어

아, 그 여자는 달려왔다

일어서는 기쁨의 냄새에 입맞추며

일어서는 폭풍의 손에도 입맞추며
일어서는 슬픔의 눈가에도 입맞춤 입맞춤

그러나
지금 그 여자는 누워 있다.
도시의 한귀퉁이 햇빛 달아난 방에
아니, 한반도의 모오든 모래 위에
아니, 뜨거운 남도의 자갈 위에
그 여자,
무수한 나의 어머니

임진강을 끌고
동해를 끌고
싸움의 어깨들을 끌고
다리는 퉁퉁 부은 채
희디흰 추억이 되어 누워 있다.

누가 그 여자의 퉁퉁 부은 다리에
향유를 부어줄 것인가

한반도여
이제 너는 한 잔의 향유가 될 것인가
저 많은 슬픔의 잔에
넘치는 죽음의 얼굴들 위에,

이제 남은 것은 사랑뿐이니

한반도여
너에게 사랑을 던지는
우리에게 답하라
사랑으로서 그 여자를 위로하겠노라고.
사랑의 이불을
모오든 추억이 된 얼굴 위에 살풋 덮어주겠노라고.

아름다운 우리의 집, 한반도여.

눈이 내리는 날은, 여보게

눈이 내리는 날은, 여보게
눈 속을 들여다보자.
눈 속을 들여다보며
눈의 뼈를 만지자.

눈이 내리는 날은, 여보게
눈 속을 들여다보자
눈 속에 들어 있는 뜨거운
그대와 나의 피
출렁이는 지구를 만져보자.

어느 날 새벽의
푸른, 짧은 눈물과
어느 날 아침의
붉은, 긴 한숨소리
만져보자, 만져보자
그 뒤에 부는 바람의 몸
만져보자.

그리하여 눈이 내리는 날은,
여보게
길 모두 닫혀버리지만,
여보게
꿈꾸세, 해가 앉은 **그곳**을.

눈이 내리는 날은

저렇게 많은 탄생들이 춤추는구나.

■ 해 설

자비로워진 허무와 탈주의 정신

이 영 진

강은교란 이름이 우리에게 보통명사처럼 불리워지기 시작한 것은 이미 오래 전의 일이다. 70년대 벽두부터 시작된 그의 특별한 문학적 성취와 행로는 수많은 독자와 평자에 의해 충분히 공유되고 분석되었다. 그는 데뷔 이래 30여년이 다 되도록 정력적인 창작활동을 지속해오고 있으며 그가 내놓은 작품들은 관심의 주요한 대상이 되곤 했다. 『虛無集』『풀잎』『貧者日記』로 대표되는 그의 70년대는 독자와 폭넓은 교감을 누리던 행복한 시기였다. 20대 초반, 막 성년의 초입에 들어서던 내 동배의 문청(文靑)들에게 그의 빼어난 감성은 거부하기 어려운 매력이었다. 그에게서 수혈된 감성의 세례는 거친 80년대를 통과해오면서도 쉬 지워지지 않는 그늘로 남았다. 우리를 강하게 사로잡던 그의 초기 시 한편을 읽어보자.

날이 저문다.
먼 곳에서 빈 뜰이 넘어진다.
無限天空 바람 겹겹이
사람은 혼자 펄럭이고

조금씩 파도치는 거리의 집들
끝까지 남아 있는 햇빛 하나가
어딜까 어딜까 도시를 끌고 간다.

——「自轉 1」 부분

명상적 서늘함이 배어 있는 이 작품은 모든 사물이 박명의 어둠 속에 젖어들며 경건해져가는 해어스름의 정황을 인화하듯 명징하게 환기시킨다. 경건한 고독 속에 선 자의 쓸쓸한 어조는 이상하리만큼 살아있는 자들의 존재감을 자극한다. 허무와 고독을 인지하는 주체와 그 인식주체를 한발짝 떨어진 곳에서 고요히 응시하는 또 하나의 눈〔眼〕. 강은교의 사물에 대한 몰입은 이렇듯 치열한 집중과 해체에 의해 이루어진 것이었다. 찰나간에 스쳐 지나가는 존재와 시간의 그림자를 거울처럼 투명하게 반사시키던 그의 허무는 살아있는 것들의 통증에 뿌리를 둔 것이었으므로 열기에 차 있었으며 동시에 속화되는 일상의 무의미를 철저히 사상(捨象)시킨 추상의 차가움으로 빛을 발하기도 했다.

뜨거움과 차가움, 밝음과 어둠, 떠나감과 돌아옴, 삶과 죽음, 거대한 것과 작은 것, 낡은 것과 새로운 것, 모두 시간이라는 하나의 뿌리로부터 비롯된 제현상들의 실체와 그림자들을 그는 정직하게 바라다보고자 했으며 새롭게 말하고자 했다. 70년대 내내 그의 언어들은 확실히 새로운 지평으로 우리에게 다가왔다. 하지만 그의 비약이 심한 이미지들이 쉽게 소통되는 것만은 아니었다. 형상과 상황의 저 너머에 순장돼 있는 본질을 언어로 포획하기 위해 그는 언어 이전과 이후로 추상해 들어갈 수밖에 없었고 그것은 적잖은 난해함을 띠기도 했다. 그러나 위태로울 만큼 감상적이었던 20대 초반의 우리는 음악이나 무녀(巫

女)의 주술처럼 아무런 저항없이 그의 감성을 전신(全身)으로 받아들이기만 했다. 의미를 따져 묻거나 불명확한 이미지들을 탓하기 전에 온몸으로 보고 듣고 감지하기를 마다지 않았다.

그의 『풀잎』은 우리 손을 떠날 새가 없었다. 강은교의 도저한 허무가 우리의 감성을 자극해댈 무렵은 유신과 긴급조치로 군사폭력이 제도화되기 시작하던 때이기도 했다. 심화되는 정치적 폭력의 대척지점엔 아직 뚜렷한 저항적 근거지도, 과학화된 이념적 담론도 형성되어 있지 않았다. 우리는 별 저항없이 강은교의 허무를 하나의 서정적 중심으로 받아들였다. 진보운동의 대열이나 저항적 담론의 위력이 미약해서가 아니라 한없이 자유롭고 싶었던 욕망 탓에 미구에 드러날 절대폭력의 야만을 미처 깨닫지 못했기 때문이었다. 삶에 대한 구체성을 갖추기엔 우린 너무 치기 만만한 나이였으므로 그의 허무에 제멋대로 몸을 내맡긴 채 "우리가 물이 되어 만난다면/가문 어느 집에선들 좋아하지 않으랴./우리가 키 큰 나무와 함께 서서/우르르 우르르 비오는 소리로 흐른다면."(「우리가 물이 되어」)의 전문을 줄줄 외우고 다녔다. 그의 「우리가 물이 되어」는 '우리'라는 2인칭 호격의 친밀함과 "만난다면" "함께 서서" "우르르 우르르" 등의 공동체적 연대감으로 충만된 언어들이 리듬감 넘치는 화법에 얹혀짐으로써 우리를 동지적 열정에 들뜨게 했다. 그러나 『貧者日記』를 끝으로 우리의 문학적 체험은 오랫동안 그와 결별할 수밖에 없었다. 그의 불길한 예감처럼 80년 화엄(華嚴) 광주의 저 깊은 "방에는 벌써/생각보다 많은 죽음이/기다리고" 있었다. 그가 불과 6년 전에 개인의 육신을 통해 선체험한 죽음이 집단적 현실로 재현돼 나타났다. 부처가 온 그날, 산자들은 죽음으로 떠나갔고 죽은 자들은 살아남은 자들의 내부에 가득 차버렸다. 우리 앞의 세계는 온통 죽음뿐이었다. 하나의 죽음이 아니라 백의 죽음이었으며 천의 죽음이었다. 그리고 그것은 부인할 수 없는 현실이었다. 희생의 긴 제의(祭儀)가 시작되었다. 그는 이 시기에 『붉은 강』을 내놓았으나 우리는 예전처럼 그에게 열광할 수 없었다. 세계는 너무나 구체적이고 압도적인 폭력으로 가득 차 있었으므로, 순수한 언어로 빚어지는 이미지와 서정적 상상력이 발디딜 공간은 어디에도 없어 보였다. 서정의 권력은 사라져버렸다. 거대담론은 점증하는 폭력의 광기에 맞서 제 몸집을 빠르게 키워갔고, 언어는 투명한 결단을 요구받았다. 어떤 천재적인 재능도 종래의 감성과 어법으로 시대의 광기를 잠재울 순 없었다. 연쇄적인 충격과 숨가쁜 대응 속에서도 자본과 도시는 자기증식을 계속 가속화시키고 있었다. 이성이 추동한 근대정신과 과학이 주도하는 과도한 생산성은 세계의 정치적 역학관계와 삶의 감각을 바꾸어놓아버렸다. 대량생산과 미디어, 통신의 확장, 자본의 전지구화가 숨가쁜 삶의 호흡을 만들어냈다. 거대담론은 그 당위에도 불구하고 변화하는 세계를 소화할 만한 힘을 갖고 있지 못했다. 급격히 중심이 해체되었다. 오늘 중심이었던 것이 내일이면 부정되었고 내일은 또 다른 내일에게 중심을 내주어야 하는 반전의 도그마에 빠져들었다. 강은교가 새로운 시집에서 천착하고 있듯 "길은 없어"졌으며 "不在에 不在를 덧칠하는"(「부재」) 공황이 계속되고 있다. 가공할 만한 속도와 태양 아래 모든 것을 상품으로 바꿔놓고야 마는 상업 이데올로기, 그 거대자본의 집요한 포식성 앞에서 희망과 구원은 과연 가능한 것인지 누구도 답할 수 없게 되고 만 것이다. 비판하면서 곧 비판의 대상이 되어야 하는 삶의 이중성은 모든 규범과 모랄을 허위로 만들어버렸다. 그럼에도 강은교는 「구름 속의 묘지」처럼 황홀한 이 황무지에서 '우리에게 우리를 알려주는 은유'를 찾아나설 운명은 여전히 시대의 감각기관인 시인의 몫이라고 이야기한다.

병든 아버지인 근대정신을 살려내기 위해 천개의 하늘과 천개의 바람 속을 떠돌며 고난을 감수해야 하는 자는 일찍이 이성(理性)의 아버지가 버린 비루한 비리데기들임을 그는 환기시킨다.

'가장 일찍 버려진 자이며 가장 깊이 잊혀진 자'들. 물신화가 극한으로 진행된 세계에서 가장 천한 것은 상품이 될 수 없는 것들뿐이다. 버려지고 잊혀진 그 비리데기 같은 천덕꾸러기 언어들이야말로 이 '황무지'를 구원할 마지막 가능성임을 그는 굳게 믿고 있는 것 같다.

그는 최근 어느 산문에 이 언어들에 대해 그가 도달한 심득(心得)을 마치 선사(禪師)의 게송처럼 묵시적 어조로 답한 바 있다.

> 거기 너의 작은 언어를 매단 낚싯대를 드리워라. 상황의 한 복판에 언어들이 걸려올 것이다. 날개 달린 물고기와 함께. 이미지들이 이미지를 살해하면서 언어를 싣고 올 것이다…… 살해하여라 너의 언어를 언어를 미끼로 언어를 살해하여 언어를 살려라
>
> 〈중 략〉
>
> 예술은 탈주하려는 것이다.
>
> 나는 한마디 더 보탠다. 탈주하지 않으면서 탈주하려는 것, 끊임없이 기표의 살해를 하면서 기의를 얻으려는 것. 아 언어, 언어, 기호……

강은교의 새로운 시집 『어느 별에서의 하루』는 선험적 인식에 생활의 구체성이 결합된 깊고 따뜻한 언어들로 가득 차 있다.

일상을 배제시켜가던 과거의 형식 대신 철저하게 일상의 어느 한 부분을 구체적으로 실사(實寫)하거나 포착하되, 언어화된 일상이 '살아있는' 공간으로 환원되도록 유도한다. 탈주하지 않으면서 탈주하려는 정신, 그것은 강은교가 이 대전환기의 혼란을 뚫고 나아가기 위해 마련한 하나의 통로인 것 같다. 끝없이 속화되어가는 일상과 생활 속의 매순간들을 거부하지도 초월하지도 않으면서 그 무의미함을 생기(生氣) 넘치는 세계로 전환시켜가는 것이야말로 기표의 살해를 통해 기의를 얻으려는 시도인 것이다. 그의 일상은 일상이되 이미 일상을 벗어나 있으며 이러한 탈주는 속된 세계를 자체로 구원하는 힘을 발휘한다. 순수하고 절대적인 소멸의 세계를 지향하던 그의 존재론적 집착은 어느덧 '텅 빈 것' '덧없음' 등으로 표현되던 허무 속에 생활을 가득 채우는 데로 나아감으로써 바야흐로 세계와의 구체적인 '관계 맺음'을 시작하려는 것 같다.

형태와 소리와 색깔로 대별되는 색(色)의 세계를 텅 빈 공허와 소멸로 파악하던 그의 인식은 작금에 이르러 그것들이 존재의 생기로 가득한 공(空)의 또다른 얼굴임을 깨닫게 된 것 같다. 견성(見性)된 눈으로 바라다보는 이 세계는 감당할 길 없는 속도와 매음의 냄새로 가득 찬 반생명의 공간이지만 이 공간은 동시에 지혜와 자비가 생성되는 숙명적 토대이기도 하다.

그는 자신이 사상시키고자 애썼던 이야기를 시작하려고 한다. 드라마틱한 서사정신으로 선험적 인식을 감싸안음으로써 새로운 구원의 형식을 마련해가고자 하는 것이다. 그는 어쩌면 우리가 처한 세계의 위기 '전체'를 포괄하는 길고 긴 장편 서사를 꿈꾸고 있는지도 모른다.

이번 시집의 제1부에 실린 「빨래 너는 여자」「여름날 오후」「청둥오리」「상어」 등등은 그의 변화된 시세계를 잘 보여준다.

햇빛이 '바리움' 처럼 쏟아지는 한낮, 한 여자가 빨래를 널고 있다, 그 여자는 위험스레 지붕 끝을 걷고 있다, 런닝 셔츠를 탁탁 털어 허공에 쓰윽 문대기도 한다, 여기서 보니 허공과 그 여자는 무척 가까워 보인다, 그 여자의 일생이 달려와 거기 담요 옆에 펄럭인다, 그 여자가 웃는다, 그 여자의 웃음이 허공을 건너 햇빛을 건너 빨래통을 담겨 있는 우리의 살에 스며든다, 어물거리는 바람, 어물거리는 구름들,

그 여자는 이제 아기 원피스를 넌다. 무용수처럼 발끝을 곧추세워 서서 허공에 탁탁 털어 빨랫줄에 건다. 아기의 울음소리가 멀리서 들려온다. 그 여자의 무용은 끝났다. 그 여자는 뛰어간다. 구름을 들고.

——「빨래 너는 여자」 전문

벗어놓은 옷가지보다 더 확실한 일상의 껍질은 없다. 때묻고 후줄근해진 옷가지를 세탁하는 행위는 갱신의 정신이면서 동시에 일상 그 자체이기도 하다. 이 작은 모노드라마가 펼쳐지는 공간은 가난한 이들이 모여 사는 연립주택의 옥상쯤인 것 같다. 옥상과 허공 사이의 경계, "바리움"처럼 깨끗하게 표백된 햇살이 쏟아지는 공간에 "빨래를 널고 있"는 여인. 이 익명의 여인은 "위험스레 지붕 끝을 걷고 있"어 아슬아슬한 데가 있어 보이지만 생활과 일상의 중압에 짓눌려 있지 않다. 오히려 "허공과 그 여자는 무척 가까워보"일 만큼 날아갈 듯한 가벼움에 차 웃고 있다. 제 몫의 무게를 말없이 견디는 이 여인의 웃음은 일상의 껍질을 생산해낸 "빨래통" 속의 "우리의 살"에 대한 신뢰로

빛나고 있다. 자기 몫의 충일한 일상을 견뎌냄으로써 스스로 고통을 치유해갈 뿐만 아니라 궁극적으로는 자신을 둘러싼 세상의 폭력과 모순까지 화해로 이끌어갈 듯한 이 여인, 그녀가 남몰래 짓는 미소를 따라 시선을 이동하다 보면 허공도 햇빛도 우리의 남루한 일상도 한순간 푸른 하늘가에 펄럭이는 흰 빨래처럼 눈부신 구원에 이르러 있음을 느끼게 된다. 덧없는 바람이나 몽롱한 구름 따위는 한갖 '어물거릴 수밖에 없는 존재'에 지나지 않게 되는 것이다. 하지만 이 전염성 강한 행복감의 절정은 다음 행간에 예비되어 있다. 아기의 젖내나는 원피스를 너는 순간, 여인은 남편의 런닝 셔츠나 담요 따위를 널 때와는 비교도 안될 만큼 생동감에 차 있다. 신생(新生)의 모체이기도 한 이 여인이 원피스를 너는 동작은 "무용수처럼 발끝"이 곧추세워져 있다. 그녀는 빨래를 들고 허공으로 비상하려는 듯 상승하는 충만감 속에 놓여 있다. 아기와 여인은 내밀한 신생의 안과 밖으로, 하나의 동일한 층위 속에서 교감을 이룬다. 절정의 순간, 아기의 울음소리가 들려오고 축제와도 같은 빨래 널기는 즉각 중단된다. 생활의 구체성과 긴장이 다시 팽팽하게 되살아나고 그녀는 화급히 일상으로 되돌아간다. 그녀가 밟고 올라온 계단을 따라 그 여자는 뛰어간다. 구름을 들고. 마지막 행에서 보여지는 심상의 비약이 초기시들의 흔적을 엿보게 하지만 저 아득한 피안감을 느끼게 하던 "허공"과 "구름" "바람" "우리의 살"과 같은 예의 단어들이 놀랍도록 실감나는 생활의 감각 속에 녹아들어 있음을 확인하게 된다. 그러나 강은교의 비극적인 세계인식의 태도가 크게 바뀐 것은 아니다. 그의 작지만 진실한 것들에 대한 사랑은 전체에 대한 부분의 문제이거나 허위와 폭력에 대한 안티테제일 뿐 세계 전체와의 긴장은 훨씬 강해졌고 그 폭도 넓어졌다. 자본주의 체제의 대량생산과 대량소비에서 비롯된 포식성과 문명에 의해 오염된 반생명의 파괴적 현상에 대한 절망 등 금세기가 앓고 있는 주요한 모순들은 여전히 그의 시적 주제가 되고 있다. 먹고 먹히는 것의 주체가 뒤바뀌어 끝내 벗어날 수 없는 고통의 순환에 빠져버리는 「청둥오리」와 허겁지겁 밥을 먹고 살기 위해 굴욕을 수락하는 「상어」 등은 자본주의적 생존방식에 대한 혐오감과 공포스러움을 극도로 객관화하고 있다.

그는 다가올 미래의 유토피아를 위해 열렬히 헌신했던 위대한 순간들이 초라하게 낡아가는 것들에 대해서도 애증의 시선을 거두지 못한다. 「그날 오후」 「그」 등의 시편에 드러나는 옛 전사들에 대한 시적 진술에는 회의와 모멸감이 묻어 나오고 있으며 「구름 속의 묘지」에선 "우리가 죽이는 우리의 역사"를 정확하게 꿰뚫어보기도 한다. 그러나 그의 이런 객관적인 드러냄과 비극적 상황의 재구성이 어떤 전망으로 이어지고 있는지는 분명치 않다.

다음의 「어둠을 주제로 한 시 두 편」은 완성되지 않은 혁명과 그 불완전성에 대한 통찰을 잘 드러내고 있다.

> 마을 한구석에 어둠이 살고 있었네
> 그 어둠속에 한 사람이 빠졌네
> 사람들이 달려와 그 어둠을 펐네
> 밤새도록 펐네
> 드디어 그 어둠은 없어져
> 우리는 그 사람을 건져내었네
>
> 그 다음날 또 사고가 났네
> 우리는 몰려가 그 어둠을 펐네

밤새도록 펐네
드디어 그 어둠은 사라져
그 사람이 후들후들 심연에서 기어나왔네
우리는 이번에야말로 어둠이 다아아 물러간 줄 알았네

"어둠이 다아아 물러간 줄 알"고 하루 낮, 또 하루 낮을 기뻐서 날뛰었지만 어둠은 여전히 그대로일 뿐 도무지 사라지지 않는다. 그의 이러한 절망적인 역사인식은 겨우(?) 두번째의 어둠을 퍼내고 나서 지쳐 나자빠진 사람들과의 이별로 나타나기도 한다. 과연 그들은 역사의 사다리를 타고 올라가서는 그 사다리를 걷어차버린 채 뿔뿔이 떠나버린 것일까.

길은 멀어
그대에게 가는 길은 너무 멀어

정거장에는 꽃그림자 하나
네가 나를 지우는 소리
내가 너를 지우는 소리

——「가을의 시」 부분

너무 멀리 왔는가.
아니다, 아니다, 우리는 한발짝도 나가지 못했다.
그리움이 저 길 밖에 서 있는 한.

——「너무 멀리」 부분

유토피아의 지향을 둘러싼 개개의 전체들과의 관계는 끝없는 예속과 탈주의 반복과정일 뿐 어느 한 지점에서 그 결과를 결산

할 수 있는 것은 아니다. 강은교는 그리움이 저 길 밖에 서 있는 한 우리가 가야 할 길을 포기할 수 없다고 희망을 말하면서도 그리로 가는 길을 잊어버렸다고 한탄하기도 한다.

유토피아를 향한 운동은 그 위대함과 미숙함 그리고 비참함을 동시에 거느리며 '영원히' 진행되는 것이라는 사실을 그 역시 잘 알고 있다. 다만 그가 괴로워하며 자기분열의 흔적을 노출시키는 것은 '떠나보낸 자'들과 '떠나보낸 혁명'이 '자기와의 약속을' 저버린 채 자기정당화에 몰두하는 기회주의자의 속물적 근성을 드러내기 때문인 것 같다. 그러므로 이별한 '그'와 '나'의 거리는 너무나 멀고 서로에게 돌아갈 길은 막혔거나 잊혀져버린 것이다. 자기와의 존엄한 약속을 지켜내고자 하는 흔들림 없는 자세에도 불구하고 강은교는 「세계의 밤」에서 가장 두려운 것은 "가장 슬픈" 것도 "가장 무거운" 것도 아닌 "가장 긴" 것이라고 말한다. 어둠의 영원성, "깊고 깊은 밤/세계의 밤"을 향해 그 달도 숨어버린 깜깜한 길을 걸어가야 하는 두려움을 토로하는 것이다. 그러나 어찌 그것이 강은교만의 두려움이랴.

강은교는 발전의 세속화에 의해 이루어진 보편적 대중 소비문화와 그 획일화에 따른 개성의 상실과 현존의 공동화(空洞化)에 대한 경고 또한 잊지 않는다.

비닐 봉지는 나를 돌아보며 소리쳤다.
나는 위대해! 나는 영원해!
나는 몸을 떨었다, 귓속으로 그 녀석의 목소리가 쳐들어왔다.
——나는 영원히 썩지 않는다네, 썩지 않는 인간의 자식이라네.
비닐 봉지는 바람 속에 노오란 꽃처럼 피어났다.

——「어떤 비닐 봉지에게」 부분

나는 영원히 썩지 않는 인간의 자식이라고 외쳐대는 과학과 기술의 아들들 앞에서 강은교는 강한 심정적 저항을 표출시키지만 계몽적인 메시지는 남기지 않는다.

T. S. 엘리어트의 「황무지」를 연상시키는 반생명, 반역사의 공간 속에서 강은교가 찾아가는 희망은 무엇일까. 일찍이 죽음을 체험함으로써 허무에 도달했던 그가 "모든 형식은 실험되었으며／모든 내용은 질타되었으며／모든 혁명은 후회하였"(「상처」)다고 파악한 이 물신화된 황무지에서 끝내 그리움과 작은 것, 가난한 것에 대한 사랑을 말할 수 있는 힘은 어디서 비롯되는 것일까. 그것은 어둠이 영원한 것이듯 그 어둠 앞에 횃불을 들고 '어둠을 퍼내려고' 떠나는 자들 역시 영원하리라는 믿음 때문일 것이다. 전체를 통한 개인의 발전이 아니라 작은 개인의 자유로운 발전을 통한 전체의 발전을 그가 믿기 때문이며 가진 자보다는 가난한 자를, 이긴 자보다는 쓰러진 자를, 같은 편에 있는 기회주의자보다는 반대편의 진실한 보수주의자를 더 사랑하기 때문인 것이다. 과학기술로 인한 세속화된 문명 속에 내제된 숨겨진 이데올로기를 그는 언어로 극복하려는 의지를 버리지 않기 때문이다. 엘리어트의 「황무지」에 등장하는 거미처럼 오그라든 쿠메의 '무녀(巫女)'는 산업화의 황량함 속에서 너무 오래도록 살아왔으므로 죽고 싶다고, 차라리 죽여달라고 애원하지만 강은교의 「거미」는 세상에 은빛 줄 하나 던져놓고 따뜻하게 피가 통하는 '감동'의 실체가 걸려오기를 백년이고 천년이고 기다리는 존재다. 자화상으로 읽히는 이 시에 이어 「모르는 산으로의 행진」은 "어둠 속에서 어둠의 옷 벗었다 입으며／수천길 감춘 산"으로 가고 있는 자신을 당당히 드러냄으로써 「거미」가 단순히 기다리는 존재만이 아니라 어둠 속으로 찾아 들어가

는 능동적 존재임을 밝히고 있다.

모든 날개들은
키 큰 나무 곁에서
실눈 뜨고 있기 때문이다.
실눈 뜨고 뜨면서
그림자 하나에 얹혀 올
너의 살 한점
기다리고 있기 때문이다.

우리는 모두
따뜻한 살 한점
또는 그림자 하나
그립디그립게
기다리고 있기 때문이다.

——「거미」 부분

'해인사에서'라는 부제가 붙은 이 작품에서 그의 거미는 어느 한때 어느 한곳에 은빛 그물을 가설하는 것이 아니라 세계 전체와 영원한 시간 위에 '사라지지 않는' 색즉공(色卽空)의 그물을 치고 있다. 엘리어트의 거미와 강은교의 거미는 모두 죽을 수도 없고 죽지도 않는, 영원한 '탈주의 정신'을 상징하는 것이지만 엘리어트의 무녀가 늙은 유럽의 절망으로 닫혀진 철학과 이성 속에 그물을 쳤다면 강은교의 그것은 해인사의 '산'과 '물' 위에 그물을 드리움으로써 상생(相生)과 견성(見性)의 희망을 만들고 있다.

인종 청소가 대학살로 이어지는 아드리아해 인근의 크로아티아 화가 이반 라코비치를 노래한 작품 「부재」 역시 같은 맥락에서 읽을 수 있다.

> 不在에 不在를 칠하고 있는 너
> 그림자에 그림자칠을 하고 있는 너
> 〈중　략〉
> 여기는 길이 없어
> 바람도
> 없는 바람뿐.

"길이 없어/바람도/없는 바람뿐"인 허무한 대지에서 그저 존재하는 것이 곧 희망일 뿐인 그곳에서 타자(他者)를 감동시키는 그림을 생산해내는 화가가 어찌 희망이 아니겠는가. 부재에 부재를 덧칠하는 그의 눈물겨운 화업(畵業)은 곧 강은교의 시업(詩業)에 다름아닌 것이다.

지극히 작고 또 작은 미천한 개체들에 대한 사랑을 통해 전체에 이르고자 하는 그의 시적 인식은 풍뎅이, 청둥오리, 상어, 염소는 물론 기아에 굶주리는 지구상의 모든 어린이에 이르기까지 한없이 확장되고 있다. 그러나 탈주의 욕구 때문인지는 모르지만 「햄버거와 구름」 「감자」 등의 작품에서 보여지듯 불투명하고 관념적인 추상의 그림자가 완전히 제거된 것은 아니다. 그럼에도 불구하고 나는 그가 가끔 빠져드는 허무주의를 절대나 초월에 기대지 않는 치열한 삶의 자세 탓이며 사랑이 심화되는 과정의 통증으로 읽고 싶다. 논리적이고 과학적인 담론의 중심은 끝없는 해체를 반복하고 있는지 모르지만 진정으로 새로운 중심을 형성해가는 힘 또한 포기되는 것이 아님을 강은교의 시편들이 증거하고 있다.

후　기

——어디서 개가 컹컹 짖는다. 개의 컹컹거림은 흐린 공중을 지나, 흔들리는 벚나무 잎들을 지나, 벚나무 잎에 흔들리는 가난한 지붕들을 지나, 벚나무 잎 그림자에 고개 숙인 남루한 벽과 벽들을 지나, 빼꼼이 밝아오는 새벽의 푸른 세상을 내다보고 있는 창들을 지나, 좁은 흙길 위에 아무렇게나 누워 아직 눈 못 뜨고 있는 시멘트 조각·그릇 조각들을 지나, 땀에 절은 모든 이불과 이불을 지나, 지난밤 꿈에 젖은 금빛 베개와 베개들을 지나,…… 지나…… 지나…… 내게로 달려온다.

그가 말한다.

보이지 않는 것을 보이게 하라.
보이는 것을 보이지 않게 하라.
들리지 않는 것을 들리게 하라.
들리는 것을 들리지 않게 하라.

그것을 너의 언어로써,
시여, 문학이여,
오늘의 모든 문학 언덕들이여.

1996년 9월 바닷가의 작은 집에서
강　은　교

창비시선 154
어느 별에서의 하루

초판 1쇄 발행/1996년 10월 10일
초판 8쇄 발행/2013년 12월 13일

지은이/강은교
펴낸이/강일우
펴낸곳/(주)창비
등록/1986년 8월 5일 제85호
주소/413-120 경기도 파주시 회동길 184
전화/031-955-3333
팩시밀리/영업 031-955-3399 · 편집 031-955-3400
홈페이지/www.changbi.com
전자우편/lit@changbi.com

ISBN 978-89-364-2154-0 03810